석탄

광부였던 아버지와 평생 함께 한 엄마에게 이 시집을 바칩니다

석탄

정지민 시집

문학나무

시만 아는 나에게

계약직 특수교육지도사로 십여 년 넘게 장애아이들을 보아왔다. 특수교육은 말이 쉽지 자칫 특수학대가 될 수도 있어 고민이 많았다. 그러나 내가 본 자폐 소년은 저만의 세상에서 누굴 미워하지도 않았고 불행하지도 않았다. 그들만의 세상에서 아주 해맑고 행복했다. 그들을 괴롭히는 건 오히려 세상 다수가 옳다고 만든 틀이었다.

나도 자폐다. 오래전부터 그러했지만 이젠 시만 아는 자폐아로 살아간다.

2024년 9월
정지민

차례

시인의 말

시만 아는 나에게 __005

1부

안개사

서시 ― 다이너마이트를 든 소녀 __012

아버지의 새벽종 __013

스위치백 ― 안개 탄광 __015

내 마음의 막고굴 ―안개 탄광 __017

운탄고도 ― 안개 탄광 __019

아웃 오브 도계 __021

폐석탑 __023

빨간 레이스 팬티 __024

가차없는 버스 __025

도계에서 온 소녀 __026

나의 도원 __027

안개사 __028

도계 __029

이정표 __030

통리재 __031

희망이라는 말 __033

동원탄좌에서 불러온 검은 바람 __034

해설 | 이승하 시인, 중앙대 교수
검은색 마을 도계에서 춘천으로 가는 길 __113

2부
검은꼬리딱새

환한 사북 __038

오래된 마중 __040

동자꽃 __041

천 개의 달 __042

한 번만 불 __043

정선을 만나다 __045

지장천 __047

한 줄의 기쁨 __049

그의 세한도 __051

아름다운 폐석 __052

마리에게 __053

광부의 자식 __055

검은꼬리딱새 __056

다시 __057

와이어 브라자 — 내 가슴의 바스티유 __058

산골 __059

희망 __060

낙인 __061

3부

보리암 가는 길

내 안의 구마라집 __ 064

또 다른 나 __ 065

흰 연꽃 — 구마라집의 아내 __ 067

구마라집의 연꽃 __ 068

백라길 __ 069

춘천 구마라집 __ 070

도계사 __ 071

검은 실크로드 __ 073

불타는 혀 __ 074

보리암 가는 길 __ 075

향일암 __ 076

붉은 연꽃 __ 078

실로암 __ 080

고독사 __ 081

빗물경 __ 083

빨래판 __ 084

거북의 꿈 __ 085

4부

나의 고래

종이비행기 __ 090

평범한 특권 __ 091

허수아비 __ 093

나의 고래 __ 094

범고래 __ 096

혹등고래 1 __ 097

혹등고래 2 __ 098

코다 __ 100

귀울음 소리 __ 101

천사의 나라 __ 103

똥개 __ 104

흡연구역 __ 105

우울밥 __ 106

어디로든 문 __ 107

탈옥 __ 108

내 마음의 사마르칸트 __ 109

청춘열차 __ 110

잉태 __ 111

서시
— 다이너마이트를 든 소녀

어딜 가든 막장이였네
가는 곳마다 벽이 서 있었지
학교에서도 거리에서도
희뿌연 새벽 출근길에도
보이는 모든 것이 벽이었고
보이는 모든 곳이 굴이었네
모두가 잠든 밤
내 몸 늑골 어느께
발파 구멍을 찾아 더듬네
터트려야 할 가장 큰 벽은 나였지
깨져야 살아날 광맥이였지

아버지의 새벽종

매일이 새날이었지요 도계에선
새벽종이 울렸네 새 아침이 밝았네
무사고를 알리던 신호

지난밤 누군가 갱에서 나오지 못했다면
침묵이 허공 가득히 퍼졌지요
그 침묵이 나를 키웠어요

막장 아닌 곳 어디 있나요

산골짜기 지나 호수로 흘러와
여전히 가진 거 없는 맨몸
마스크나 쓰고 인차*에 올라요

하루가 지날 때마다 어제의 나는 죽고
마지막처럼 살고 있지요

아버지가 살아보지 못한 춘천에서

막장 아닌 곳 어디 있나요

아버지가 평생 파 들어가고
어머니가 평생 기다린
환히 웃는 미륵불이 서 있는 도계

새벽종이 울리면 새 아침이 밝는 세상
아버지는 오늘도 자욱한 안개를 뚫고 있어요
어쩌면 오늘은 광맥을 찾을 수 있을까요

*인차 : 탄광이나 광산에서 사람을 실어 나르는 데에 쓰는 광차.

스위치백*
— 안개 탄광

거꾸로 달리는 기차를 타 보았니

앞만 보고 달리던 세상이
흥전역興田驛에서 멈추고
서서히 뒷걸음질 치는 4분

너무 가팔라 한숨에 넘을 수 없는 벼랑 앞에서
기차도 뜨건 숨 고르기를 하지
샛길도 지름길도 없는 인생이
심폐 소생하는 골든타임

지나온 풍경처럼
한 번쯤 뒤로 돌아보면서
상처 어루만지는 거지

선로가 바뀌고 수신호 오면

어느새 팔짱 끼고 노려보는 나한정역羅漢亭驛
두렵지만 다시 달리지
다음 도착역은 성지 도계

거꾸로 달리는 기차를 타 보겠니

*스위치백(switchback) : 경사가 가파른 구간에서 전진과 후진을 반복하여 목
적지에 오를 수 있도록 설계한 철도선로. 영동선 심포에서 나한정 구간에
있었음.

내 마음의 막고굴
—안개 탄광

별 하나 모셔 놓을
암자 하나 지어놓고
떠나겠네

수직 갱도만큼 깊고 어둡던 길
아무리 파 들어가도 광맥에 닿질 못했고
낡은 운동화 벗고 누워
잠들면 도계 갱

전두1리 20반
희망 사택 1호 2호 3호……
나는 여전히 탄광 소녀

고층 아파트까지 스멀스멀 기어 올라오는
안개를 가늠하며
발파할 구멍 자리를 찾는

다이너마이트를 든 소녀

운탄고도*

― 안개 탄광

종착지는 나였네

태 묻은 영월 청령포를 출발해

꽃꺼끼재 너덜길 걷다 보면 함백산

가쁘고 거친 진폐 앓는 길

정암사 독경 소리 아득해지니

도계에 다다르네

검은 등꽃처럼 매달린 삭도** 바구니

막장 발파 소리는 밤낮없이

터지는 불꽃놀이였지

까막 동네 아이들 눈망울처럼

갱차에 수북 빛나던 발원들

마지막 신기역 지나

합장하는 두 손만 남은

기단도 상륜도 없는 탑

절은 없어도 부처를 모신

종착지는 나였네

아웃 오브 도계

자식은 광부가 되지 않는 것
그들의 바람이었지
야자 중이던 여름밤 땀 흘리는 교실
누군가 속삭였지
'아웃 오브 아프리카가 상영 중이래'
늘 으르렁대던 범생이와 날라리도
함께 날랐지 도계 문화관으로
그 밤 처음으로 야간 비행을 했네
어둠을 밝히며 달리는 광차들의 노란 행렬
갱 속에선 폭죽처럼 터지던 발파음 소리
로버트 레드포드는 얼마나 잘생겼던지
집으로 돌아가는 신작로엔
어린 가시내들처럼 개망초들 재잘거렸지
그들의 바람은
내가 광부가 되지 않는 것이었지만
메릴 스트립은 사냥모자를 쓰고 달리고

무슨 내용인지 알 수 없었던
영화는 여전히 상영 중이네
내가 있는 지금 이곳에서도
아웃 오브 도계

폐석탑

어디로 갔을까

갱을 파던 광부들

공중의 삭도 바구니 뒤집히면

탄을 이고 집으로 가던 여자들

검정 때 묻히고도 해맑던

아이들 웃음소리

어디로 갔을까

폐사지로 남은 도계

폐석 쌓여 탑이 되고

법문法門보다 깊은 침묵만 남았네

빨간 레이스 팬티

88년 올림픽으로 나라는 뜨거웠고
학력고사 준비로 급급하던 여름 야자 시간
모의고사 문제지 풀다 말고 물었지
— 어디 갔었나?
— 작업복 사러
책가방 속 빨간 레이스 팬티 한 장
시험지 위를 헤매는 내 손가락 들어
통리재 가리키던 숙자
교실에선 희망이 없음을 알았던 걸까
일찌감치 그녀는 일자리 찾아 떠났지
모의고사도 학력고사도 오래전 끝났는데
답 없는 답 찾아
안개굴 파는 오늘 문득, 눈에 들어오는
빨간 레이스 팬티

가차없는 버스

도계 여종고 교문 앞 어느 새벽
버스는 가차없이 달려와
갈래머리들을 싣고 떠났지
대학이 아닌 공장으로

부끄러운 줄도 모르고
막장 나오는 사내와 연애도 했지
원티드*에 맞춰 춤추던 언니들
채 여물지 않은 옥수수 알갱이 같은
젖꼭지를 싸매고
삼립식품 회사 버스 칸칸이 앉아
흔들리던 하얀 소녀들
도시로 떠난 그 푸른 뒤통수들
여물기도 전 너무 일찍 베어 버렸던
가난한 아버지의 옥수수밭

*원티드(Wanted) : 미국 가수 둘리스(The Dooleys)가 불렀던 팝송 제목.

도계에서 온 소녀

초경을 시작하던 어린 봄날
뜰에는 앵두꽃 환하게 피었지
석탄 실은 삭도는 밤낮없이
골짜기 안에서만 돌뿐이어서
문지방 너머로 소녀는 이륙했지
이 골짜기 아닌 저 산 너머로
거듭되는 추락 속 파뿌리 같은 눈 내려
불현듯 그날의 하얀 앵두꽃 생각
가슴엔 아직 덜 여문
빨간 앵두 몇 알
소녀는 오늘도 이륙을 준비하지

나의 도원

그곳은 도원이었네

월말이면 눈에 불을 켠

전두시장 식육점 분홍 전구

광부들 목구멍 새까만 탄가루 씻느라

삼겹살 기름내로 골짜기 진동했지

신작로 뛰놀던 천둥벌거숭이들

왕사탕 한 알로 달달한 볼거리

겨우내 취로사업 다니던 여자 손에는

따뜻한 콜드크림 한 통이

복숭아 꽃 흐드러진 시절이었네

막아버린 흥전항* 입구

저 굴속엔

나의 도원이 있었네

*흥전항 : 삼척 도계읍 흥전리 대한석탄공사 도계광업소. 1940년에 설치되
어 1991년 9월까지 50년 동안 채탄함.

안개사

가슴엔 노란 직번 수놓은

검은 작업복을 입은 사내

도계광업소 중앙생산부 304552

평생 가슴에 묻힌 불경을 팠다지

머리엔 하얀 수건 쓰고

동짓달 그믐 눈길

그녀도 기다렸지

아직도 부처는 보이지 않고

내게로 대물린 기다림

헤매고 떠돌아도 만나지 못했네

마른버짐으로 벚꽃 지는 사월

내 맘 법당

상단엔 아버지가 앉아 계시고

그 곁에 협시보살脇侍菩薩이 되어

엄마가 서 계셨네

도계

사람들은 막장이라 불렀지만

우물에 방구* 떨어지는 소리들

이 세상 모든 고수들

팔도 도사들이 사는 마을

학력 따윈 필요없었네

튼튼한 어깨만 있으면 되었지

세상에서 제일 건강한 사내만이

광부가 되었네 심술맞은 요괴도 있어

종종 동발이 무너지고, 가스 폭발 사고도 났었지

미인폭포엔 천년 묵은 이무기가

아직 살고 있는

도계는 막장이 아니라

신선들의 세계였네

*방구 : '바위'의 경상도 사투리.

이정표

삼척 도계역 증기기차 급수탑은

탄광촌 아이들 놀이터였지

키 작은 민둥머리가 기어올라

기적소리 흉내 내며

뿌우뿌우 손나팔 불면

구름도 몸 바꾸며 노래했지

동해로 청량리로 달리는 꽁무니에

언젠가 가리라 다짐도 매달아 주면

하루는 너무도 일찍 저물고

이제는 기차도 멈추었지

낡은 탑은 알고 있었겠지

모두가 다르지 않다는걸

어딜 가던 막장이라는 것을

그래도 올겨울엔

빈속 채우러 가고 싶네

통리재

남편이 지하 갱도로

석탄 캐러 가면

분내 나는 아내 춤바람

고개를 넘었네

되바라진 여고생도 낙태하러

산부인과 찾아 고개 넘었지

밤이 아니어도 모두가 검은

세상의 끝인 듯했던 도계

그녀들의 발자국은 지워졌는데

통리通理 언저리도 못 밟은

폐석처럼 쌓인 내 발걸음

희뿌연 안개갱 서성이네

재 하나 넘지 못해

울던 영동선 기적 소리

불면증 앓는 오늘은

또 어쩔 수 없는 병반*

새벽 첫차 타고 떠나고 싶네

아직 나를 기다리는 나에게로

*병반 : 탄광에서 갑을병 삼교대 근무 중, 밤 10시경에 출근해 아침에 퇴근
하는 반.

희망이라는 말

뒤도 안 보고 떠나온 걸음이

채이고 넘어질 적마다

달려가던 그곳

삼척시 도계읍 전두리

검은 장화를 신은 비구들

팔뚝에선 푸른 정맥이 펄떡이고

이른 아침 쌀 배급소 앞 줄지어 섰던

팔도 사투리

느티나무 아래 자라나던

아이들의 웃음소리

석공 희망사택

석탄이 묻힌 도계 탄전은

지장경이었네

아직도 다 캐내지 못하고

반짝이는 말씀들이

남아 있네

동원탄좌에서 불러온 검은 바람

광부 아내 벚꽃잎으로 흩뿌리고
작업복을 입은 비구들이
철로 위 침목처럼 줄지어 눕던 날
그날 보았네
동원탄좌*에서 불어온 검은 바람
신작로를 달구었지
통리재 내려오던 기적소리도 며칠째 오지 않고
도계 골짜기엔 흉흉한 소문만 불었네
아홉 살 그때 보았지
가슴 깊이 묻힌 탄맥
아직 한 번도 발파된 적 없는
내 안에 살아있는 분노의 화석
곤한 잠을 깨웠지
장군들은 사라지고
좋은 날은 왔다지만
내 싸움은 오늘도 진행 중

마을은 여전히 불타오르네

*동원탄좌 : 1980년 4월 21일부터 24일까지 국내 최대의 민영 탄광인 동
원탄좌 사북영업소에서 어용노조와 임금 소폭 인상에 항의해 광부들이 노
동항쟁을 일으킴.

2부
검은꼬리딱새

환한 사북*

80년 4월 21일부터 딱 4일간이었지

십여 년 동결된 임금과 폐 속에 쌓이는 탄가루
광부들은 제 몸 병들어가는 줄 알면서도
입 다물었고 다시 막장으로 들어갔지
처자식들 위해서

그런 남편을 아들을 보다 못한
아내들, 엄마들이 화약처럼 터졌지
그러자 화약고를 지키며 광부들이 발기했다네
계엄군인들, 사복경찰들, 기자들 개떼처럼 몰려와
산골짜기엔 성난 불꽃이 타올랐지

무릎 맞대고 모여 앉은 개망초꽃들
그날의 혼불들 이맘때면 다시 살아나
환히 밝아지는 사북

*사북(舍北) : 강원도 정선에 있는 옛 탄광촌 지명. 1980년 사북항쟁은 광복
  이후 최초의 노동자 항쟁.

오래된 마중

이른 새벽 걸음
묻혀진 발자국 찾아가네
사일 밤낮 악몽 꾸던 사북으로
맺힌 한들이 4월 봄비 되어
가만가만 숨죽여 우는데
가난이 족보요 배운 거 없는 각성받이들
제 목숨 하나에 식솔들 이끌고 몰려들었던
탄광
탄 더미보다 검은 손들에게 쓰러졌지
지장산은 안개로 복건 쓰고
잎깔나무들 합장하며 나와 섰네
하마 기다리고 있었다고

동자꽃

영문도 모른 채 끌려간 사북 경찰서
열 개의 칸막이로 만든 돼지우리
그 속에 갇힌 한 마리 암돼지였지
칸칸마다 골짜기 떠나가는 비명
고문 침상 위 벌거벗겨져
오며 가며 젖가슴 주무르던 거친 손
사정없이 음부를 내려치던 곤봉
부끄러워할 새도, 두려워할 새도 없었지
몇 차례 기절 몇 번 악몽을 꾸었는지 몰라
발 아래 주홍빛 이슬이 쏟아졌네
노하신 지장산 신령님이 데려가신
4개월 된 태중 동자꽃

천 개의 달

돼지고기에 왕소금 찍어 경월소주 마셨네
허리엔 동발 묶고 배는 땅에
머리는 천장에 닿던 갱 속을 기던
한목숨들
3교대 끝나면 개울가 늘어진 포장마차촌으로
한 잔씩 걸친 검은 땅엔 달이 떠올랐지
탄가루 씻어낸 얼굴이 붉게 물들고
어깨 맞댄 눈동자마다 달이 떴네
어둠을 밝히던 흥건한 달빛들
이제 아버지는 달에서
막장에서 일하는
나를 내려다보네

한 번만 불

포탈라궁을 옮겨 놓은

산 위엔 번쩍이는 사찰

매일 한 소식 하려 몰려든

비구 비구니들이

하룻밤 지나면 탄광촌 폐석처럼 뒹굴었지

혜능처럼 팔을 자를 순 없어

신심이 깊은 자들은

집으로 돌아갈 여비 하나

남기지 않았지

연 걸리듯 널린 암자들

강원랜드가 정토라네

신도들은 점점 늘어

공양물로 비대해진

전당사 전당사 전당사…

한 번은 잭팟 터지길 바라며

목을 매는 진언

한 번만!

길거리엔 텅 빈 부도들

여기는 검은 정토

정선을 만나다

이 거대한 절벽은 누구의 가슴일까
손톱자국만 남긴 용은 하늘로 갔을까

중국식 화폭 답답해 나온 기러기 떼
60년 쓰다 버린 붓자루
무덤을 이루고
묘비도 없이 초서로 쏟아지는 폭포 아래
숭숭 구멍 뚫린 제 속
이제 비오리 수달 품는
이 강물 소리는
누구의 노래일까

떠돌다 떠돌다 정선
돌아보지 말어라
여울이 메기고 받는 아라리 한 자락
나만의 세상을 그린

진경산수 가을이 물드네

지장천*

폐광촌 지나 카지노로 지장천이 흐르네

살겠다고 땅속으로 내려갔지
궂은 날도 시린 날도
봉급날이 있어 극락이었네
선산부는 수당이 두둑해
30도 지하 열기 속
마스크도 벗고 착암기를 잡았지
진폐 왔으니 좋은 패가 아니었어
해고 통지에 이른 눈발 오더군
이판사판 칩이 쌓인 산으로 올랐네
태양 아래 금빛 번쩍이는 카지노
산재 보상금과 바꾼 세월 걸어
한 번은 잭팟 터지길 바랐지
한평생과 한순간은 한 끗 차이더군

빈털터리로 떠내려가는 강물

가수리 지나 제장 마을에 닿을 때

검은 재 낀 손톱 절벽 할퀴고

더는 가엾은 시체들이 떠내려오지 않을 때까지

이무기로 남겠네

*지장천 : 강원도 정선군 고한읍에서 발원하여 정선군 일대를 흐르는 하천.
사북과 고한 남면의 물은 모두 지장천으로 흘러든다. 사북 고한 탄광 사고
사망자의 시신을 태운 재가 흘렀던 하천이기도 하다.

한 줄의 기쁨

어둠을 캐는 새벽
감은 눈 위로 밀려오면
일어나 물을 끓인다

봉화 갱도에 갇힌 광부들
늙은 동발 같은 무릎 맞대고
나눠 먹던 커피 믹스
칠레 갱도에 갇혀
33마리 쥐 같은 광부들이 읊조리던
네루다의 커다란 기쁨*

막장에서 막장으로
떠밀려온 거리
가는 길은 막혔고
나의 조난은 며칠째인지
기억조차 없지

〈

살아 걸어 나온 그 길
다시 들어가야 할 내일
믹스커피 한 잔이 아침을 깨우면
연장 들고 습작 노트 위를 걷는다
'너는 동지였다'**
구조를 기다리며

*커다란 기쁨 : 칠레의 시인 파블로 네루다의 시 제목.
** '너는 동지였다' : 「커다란 기쁨」의 한 구절.

그의 세한도

천애 고아 아비는 풋각시 두고
남의 집 머슴팔이 다녔지
새끼들 줄줄이 데리고
탄광촌으로 왔다네
솥 걸어 둘 자리 없는 사택촌
늙은 소나무 한 그루
지신처럼 서 있었네
동해안 폭설 내릴 때
그 한 생의 세한도
오십 줄 너머 이제야
제대로 읽네

아름다운 폐석

검은 작업복 벗고 모두 떠났지만
삼십 년 지났어도 늙지 않은
폐광촌 도계 산동네
게딱지처럼 붙은
키 작은 슬레이트 지붕들
두 사람 겨우 지날 수 있는 골목엔
다다닥 뛰놀던 아이들 웃음소리 넘쳤지
가을 햇볕이 데우는 한적한 오후
주인 여자는 나가고 없는데
이웃 과부들 폐석처럼 둘러앉아
화투장 돌리네
막장 사내들 화투판은 개끗발이었지
굴에 묻히고 제 여인 가슴에 묻혔으니

흑싸리 껍데기처럼 앉아 줜
저 늙은 패는 오광이길

마리에게

모르는 것도 죄라는 걸
단두대에서 알았지요
당신이 아는 세상은
우아한 드레스 입은 파티가 전부
빵은 당연히 있는 줄 알았으니까
개도 만원짜리 물고 다니던 시절
검은 탄 더미처럼 몰려와
광부가 된 아버지들
가난한 식솔들 거느리고
베르사유만큼 화려하진 못해도
사택은 불이 꺼지지 않았지요
해 뜨고 달 떠도 갱으로 막장으로
오르내리던 그들 옆에서
전 데미안이나 끼고 살았지요
답답한 알 속에서 탈출하길 바라며
아무 생각 없이 살다

단두대 앞에 맨발로 서 있다는 것
마리, 우린 같은 죄인이네요

광부의 자식

빌어먹어도 절대
광부는 되지 말라던 아비는
검은 불경들을 캤지
그는 월광보살 되었네
아비 잃고 그믐밤들 계속 지나
달빛이 내 안에 퇴적되었지
검은 작업복을 입지 않았어도
우리는 모두가 광부라네
고생대처럼 깊고 깊은
제 어둠 속 광맥을 파 들어가네

검은꼬리딱새

볼록 올라온 가슴속엔
새 한 마리 살았지

이십 년 선산부 목소리는
발파 소리에 난청 되어
확성기를 삼킨 듯했네
병반 밤샘 채탄 후
어둠처럼 잠든 가슴 위로
가만히 귀 대어보면
늑골 아래 작은 날갯짓 소리
진폐 때문일 거라고들 했지만
탄가루 묻은 검은 날개
백발의 눈썹 떨던 날 알았지
강변 바람에 함께 뛰놀던
검은꼬리딱새
사막으로 날아갔지

다시

혁명은 실패했지 언제나

성공한 순간 뜨거운 대오에서 다른 왕이 나와

노예가 농노가 되고 농노는 노동자가 될 뿐

왕과 귀족이 자본가와 재벌로 옷만 바꿔 입은 오늘

그래서 우리는 다시 혁명을 해야 하지

삼각 김밥에 바나나 우유 하나로 때우는 편의점에
서부터

와이어로 꼭꼭 싸맨 젖가슴 풀어제끼고

삼색 깃발 흔들어야지

와이어 브라자
— 내 가슴의 바스티유

  이제 나는 봉기한다 벌겋게 달군 가윗날이 탯줄 자
른 후 갇혔다 나를 가둔 건 낡은 강보도, 가난한 지붕
도, 야바위꾼들로 득실득실한 거리만은 아니었다 치
마를 입고 산다는 거 아내로 산다는 거 엄마로 산다는
거 죄명은 다양했지만 정작 길들여진 암코양이처럼
한 번도 발톱을 세우지 못한 것이 죄였다
  이제 나는 발기한다 나로부터
  꽁꽁 싸맨 와이어 브라자부터 풀어 던진다

산골*

방금 채굴해 탄 차에 실려 나오다
눈부신 햇살에 빈혈 앓은
검정 피만 묻히던
아무짝에도 쓸모없던 것이

세상살이 맵고, 쓴맛 다 보고
봄여름 한철 다 지나 가을에 들어
부서지고 닳아
연탄 한 장이 되었다

어느 가난한 집 아궁이에
아랫목 데우고
꽝꽝 빙판 된 아침 마을에서
새하얗게 산골하였으면

*산골(散骨) : 유골 따위를 화장하여 그대로 땅에 묻거나 산이나 강, 바다에
 뿌리는 일.

희망

느닷없던 사랑을 잃고
혁명도 패배했네
구겨진 얼굴들
해는 저물고 갈 길은 멀어
어릴 적 살던 탄광촌 희망사택
희망 없어 희망이라 불리던 그곳
부조리와 모순은 어디서나 건재하고
나는 아직 숨쉬고 있어

헤어짐을 알면서도 사랑을 앓고
매번 지면서도 혁명을 하는 나는
지독한 희망이었네

낙인

무명 솜이불 덮은 지붕
함박눈 내릴 때
두 칸 사택 방 아랫목
어린 것은 전구처럼 가물거렸네
끼이익 대문 열고
눈사람이 들어왔지
광부가 시린 손으로
차가운 입맞춤
이 도시의 거리에 함박눈 내리는데
어릴 적 새겨진 그 낙인
통증처럼 서러워지네

3부

보리암 가는 길

내 안의 구마라집*

깊은 어둠 속에서 느릿느릿
걸어오는 그림자
해를 지고 경전도 지고
다가오는 한 사내
도계 버려진 탄 더미
사막이 된 가슴속에서
낙타가 우네
고생대 퇴적층 깊은
막장을 번역하라고
잠 오지 않는 한밤
딸랑딸랑 방울 소리가 재촉하네

*구마라집(344~413) : 인도 쿠차 왕국 출신의 승려. 그의 불경은 구역舊譯으로 불리며 오늘날까지 한역 불경의 고전으로 손꼽힌다.

또 다른 나

파계한 그가
모래 연꽃 바람 일며
내게로 왔네

매일 늘어지는 살
삐걱거리는 뼈들에 갇혀 울었지
도계 갱에는 나 남아 있을까
사막 석굴에 두고 온 부처처럼

우매하였으나
내 혀는 타지 않으리라*
갈색 종이에 씌어진 은색 글자
쫓아가다
깜빡 잠든 밤

수십억 톤 소양사 아래

소양강 흐르고

청금석 갈아 칠해놓은 하늘

구마라집

또 다른 내가 왔네

*구마라집이 생전에 예언함. 화장했을 때 그의 혀는 타지 않았다고 전해짐.

흰 연꽃
— 구마라집의 아내

사랑이라 말하지 않아도

당신을 나는 사랑합니다

목숨과 바꾼 파계

이미 당신 맘을 본 것이니까요

손끝으로 풀어 쓴 경문은

수미산을 덮는데

연서 한 장 없는 영창엔

백양나무 한 그루만

이룰 수 없다 하여도

사랑할 수 있는 지금

내겐 극락입니다

사랑이라 말하지 않는

당신의 꽃으로 피겠습니다

구마라집의 연꽃

일곱 살 아이를 두고
엄마는 출가를 하였지
비단 치맛자락에 매달려 붙잡던 바람도
사막으로 떠난 후
그리움의 석굴에 갇힌 소년은
말을 잃었네
너무 일찍 알아버린 이별
한 방울 한 방울 눈물로 쌓은
절이 되었네
청금석처럼 빛나는 눈동자는
우주를 담고
팔만 사천 단 한 자도 놓친 적 없는
손끝엔
엄마라는 불립문자가 피어났다네

백라길*

손바닥 위로 펼쳐진
길들을 따라갑니다
가시덤불과 소금호수 지나
늪에도 빠졌었지요
고비는 고비를 만들고
가늘게 이어집니다
길이 있어 걸었을 뿐인데
어디로 가느냐 길은 묻습니다
북극성이 반짝입니다
내 마음은 어디로 뻗었을까요
당신은 어느 암자에 깃들었나요
우리는 우주로 통하는 바람길입니다

*백라길 : 구마라집의 아내, 구마라집과 이별 후 비구니가 됨.

춘천 구마라집

나는 나를 믿습니다
북극성 따라 도착한 이 거리
도시는 댐들에 갇혀 호수 되고
최저임금에 꿰어 버둥거리는 사람들이
빙판 위에 현기증을 앓습니다
배달 오토바이처럼 달리는 하루
무법천지에 야위어가는 얼굴들
언제나 봄이라는 봄은 어디에 있나요
번역할 수 없는 슬픔은 안개로 내리고
나는 이제 바랑을 풀어
종이와 먹을 준비합니다
여기가 나의 경전입니다
한 자 한 자 무명을 뚫고
물 위에 탑을 올릴 겁니다
나는 나를 믿습니다

도계사

천불동 석굴을 나와
유폐 생활은 나를 키웠지
별을 보며 점이나 보던 날들
말 등에서 내려와
뜨거운 모래 밟으며
한 걸음 한 걸음
인간 구마라집이 되는 여정이었네

탄광촌 사막이었지
일주문 들고나듯 밤낮없이
갱을 드나들던 비구와 비구니들
처자식 주린 목구멍 채우려
검은 땅속을 파고 또 팠지

부처를 모르는 땅에 핀 해바라기
그는 동쪽으로 떠나고

스무 번째 맞던 봄

나는 하산했네

거대한 절, 도계에서

불법을 모르는 세상으로

품속엔 번역되어야 할 경들이 있었네

검은 실크로드

모래바람에 묻힌 경을 실은
낙타 방울 소리처럼
탄광의 무사고를 알리는
새벽종이 울렸네
구법의 항로처럼 줄지어
백골 이정표 따라 지나던 행렬처럼
금강경 한 줄 어깨에 메고
산 자들은 땅속을 파 들어갔지
살기 위해
무너진 굴이 동료를 묻어도
그 위로 밟고 걸어간
검은 발자국들
폐광의 땅속에서 그들은
사리가 되었네

불타는 혀

부처의 말을 번역했던 혀는
탑이 되었네

뱉어낸 속없는 말들 거리에 쌓여
한 해 끝자락에 다다른 저녁
허겁지겁 제 혀 깨문 허기
눈물만 뚝뚝 흘리다
입도 떼지 못한 겨울이
해독하지 못한 가슴속 바람 소리가
나를 가두었네

뎅뎅 풍경이 우네

보리암 가는 길

잎새주는 반쯤 남아 있었네

평생 숙원이었던 길

새벽을 달려 땅끝까지

달음질쳐 가던 마음

팔월의 더위 속에서

기다리는 소망들이 줄 서 있었지

더는 기다릴 수 없어 돌아서는데

일주문 코앞에 두고도 내쳐진

아쉬운 땅거미

늦은 숙소에서 내일을 기약하며

천근 같은 맘 누이는데

갸릉갸릉 얕게 코 고는 소리

종일 운전한 사내가

긴 세월 정병 들고 바다를 보던 그가

편안한 얼굴로 지그시 눈 감고

나를 보고 있었네

향일암

해를 쫓아 떠났네
돌산의 사십 도 길을 오르며
밭은 한숨에 발원 하나씩

하필이면 절벽 위 암자냐고
투덜투덜 뒤따르다
해탈문 좁은 바위 틈에 그만
머리를 찧던 사내
돌아보니 웃고 있었지

턱에 차오른 숨 돌릴 새 없이
뛰어올라 가보았지만
땅거미 지는 그곳엔 이미
관음보살은 없었네

바닷물에 절인 배춧잎처럼

처지는 저문 하산길

바다 위를 둥둥 떠가듯

앞서가는 그의 등 위로

붉은 놀이 후광처럼 번지고 있었네

붉은 연꽃

한 번도 본 적 없는
당신을 찾아 떠났던 길
발자국도 그림자도 기억에 없는데
바람은 자꾸만 재촉했지

가자 가자 어서 가자고
한두 번 온 길이 아니라 눈감고도 가리라 했지만
홍련, 오늘은 볼 수 있을까
혹여 하는 마음이 끌어 다시
찾아간 낙산사

팔월의 폭염 아래 카세트 녹음테이프처럼
지장전 염불 소리 늘어지는데
경내 이정표 화살표 따라 다다른 곳
동해를 앞에 두르고 대나무로 울 쳐진
인적 없는 낡은 부도탑 앞

먼 전생부터 비에 젖고 해풍 맞으며
기다리고 있었다네
아는 길이 맞는 게 아니었고
잘못 든 길이 틀린 건 아님을

흐르는 땀에 얼굴을 씻으며
합장 후 고개를 드는 순간
비린 바람의 도둑 입맞춤
불경하다 밀쳐 냈지만
입술에 붉은 연꽃 피어났다네

실로암

항상 열려 있는 절입니다
무겁고 짐 진 자들 환영합니다
이 절은 알리 씨의 보시로 만들어졌지요
종파도 계율도 없어
먹고 싶을 때 먹고
잠자고 싶을 때 잠자는 절
십일조도 기와 불사도 없습니다
땡중이냐고요
알중입니다
신은 하나인데
무얼 가리겠어요?

고독사

여기는 팔십억 불국토
누구나 자기 속에 법당 한 칸 모시고 산다네

전쟁통의 아홉 살도
수능 앞둔 열아홉 살도
콧줄에 연명하는 아흔아홉 살도
모두가 고독한 절

허공에 연중 불 밝히지
산자를 위한 태양은 붉은 연등
죽은 자를 위한 달빛은 하얀 영가등

일찍 알아버린
환한 이별은 금강경이 되고
푸르렀던 너 떠나고
반백으로 남은 내가

문득, 그때의 내가 아님을 알았을 때

지나온 낮과 밤
몸으로 써 온 경전들
화장터 한 되 반 뼛가루 될 때
모든 기억 연기되어 가네

여기는 팔십억 불국토
고독한 절들의 땅

빗물경

거실 통창에 가을비가 휘갈긴
글씨를 읽네
범어로 쓴 그 말씀
사랑하라 하더군
자비 베풀라 하더군
떨어지는 낙엽에 넘어가는 가슴
나는 나의 경을 써야겠네
붓다도 예수도 내가 사는 막장이니
우리 서로 전도하지 말기를

빨래판

평생 밭의 피나 뽑고
제 피 뽑아 새끼들 먹였지
꽃들이 지기 전에 마실 떠났네
이른 새벽 관광버스에 올라
모두 한 잎 단풍처럼
해인사 팔만대장경 앞에 서서 중얼거렸지
'보물이 있다카더만
줄줄이 빨래판만 널어놨네'
늙은 보살 영감 저녁밥은 드셨는가
저녁예불 올릴 때
돌아가고 싶었네

거북의 꿈

눈먼 거북이에요

불가에서 말하는 법도 못 만났고

세상 그 흔한 사랑도 못 찾았네요

영문도 모른 채 모래 속 기어 나와

언제부터인지 모를

가고 있는 느린 걸음

낮엔 머리 위로 바닷새 쪼아대고

여우 울음소리 등 뒤로 쫓아오던 밤들

등딱지 속으로 기껏 목숨 하나 한껏 움츠렸지요

먼 파도 소리 울던 밤

그믐달 따라가다 헛디뎌 뒤집어졌어요

몇만 년 살아도 내가 끌고 갈 수 없었던 운명이

두 팔 두 다리 허둥대다

그제야 알았어요

내가 꾸는 꿈도

나도 꿈이었음을

대자로 뻗어

아무것도 아닌

마지막 꿈을 꾸었지요

돌아갈 거예요

그 바다 그 모랫벌로

달빛 받으며

다시 태어날게요

4부

나의 고래

종이비행기

비행기 하나 접어 주세요
이 비행기는 제트기예요?
우주선이라고요?
하늘을 날아 우주로 간다고요?
우주가 뭔데요?
나도 우주로 데려다주면 안 될까요?
곱슬머리 코흘리개 아홉 살
자폐 소년
초롱초롱 눈동자 속에 우주가 담겨 있었네

내가 잃어버린
비행기 하나 접어 주세요

평범한 특권

'엄마 보고 싶어'
나도
선생님도 엄마 있어요? 어디?
검지손가락을 입술에 대고, 고개만 끄덕였지

제 학년 아이들 교실 수업에
섞이지 못하는 아홉 살
그가 그린 고래 그림은 도화지 가득 검은색
고래가 너무 커서 다 그릴 수 없다 했네

자폐는 과학이 밝혀내지 못한 미지의 우주
그 옆자리에 앉아 조용히 답했네
'하늘' 왜냐고?
지구 여행이 끝났으니까

이번 여행은 모두에게

평범하고 특별하지

.

허수아비

특수반 수업 시간
브라질 예수상 입체 조립을 하다
나는 물었지
"이 사람이 누군 줄 아니?"
"응, 허수아비"
소년이 자폐인지
세상이 자폐인지
나는 허수아비가 되었지

모두가 자폐라 부르는 소년
빈집에서 해처럼
혼자 놀다 혼자 잠들지만
아이를 자폐라 부르는 그들이 자폐
나는 그 골목 어디쯤에서 서성이는데
어디에도 해는 보이지 않았지

나의 고래

제게 고래 한 마리 있어요

이른 새벽 먼저 깨어
머리맡에 누워 있다가
지난밤 축축해진 이부자리 걷어낼 때
커다란 지느러미를 펼치고
눈 맞추지요

쌀을 씻어 밥솥에 앉히자
치익치익 숨구멍으로 물보라 뿜다가
쌓인 빨래들 돌리면 세탁기 속에서 헤엄치고
오후로 넘어가는 햇살에 빨래 마를 때
가을 하늘 함께 바라보다
끝내 희망봉을 향해
함께 갈 고래

들리나요
고래의 노래

범고래

그때는 몰랐지요
세상이 왜 이렇게 어두운지
한 마리 두 마리
세 마리
검은 그림자
손끝으로 더듬어 길을 찾지만
상처 위로 상처를 덮던 시간
갈라진 꼬리 사이로
하얀 달빛 새어 나오니
그때 알았지요
범고래 떼 지나고 있었음을
지금 어둡더라도 두려워 말아요
그건 단지
범고래 떼 지나가는 중이니

혹등고래 1

혹등고래 한 마리
거실에 누워 있어요

지루했던 장마는
빛바랜 군청색 세탁기 속에서
윙윙 물결치고

코로나에 감금된 소문처럼
체납고지서 쌓이던
불길했던 계절들

반쯤 열린 베란다 창에 무역풍
한껏 부푼 커튼 돛을 펴는데

혹등고래 한 마리 코를 골며
희망봉 넘어가는 꿈꾸고 있네요

혹등고래 2

낮술하러 들어간 그 술집

휑한 실내에 혼자 마시던 커다란 등을 봤지

황사가 지나가도 여전히 거짓말로 매캐한 땅

힘겹게 헤매다 곧 질식할 거 같은 폐부

연신 술을 붓고 있었네

나는 알아보았지

그의 정체는 조난당한 혹등고래란 걸

빈둥대며 시나 쓴다고

손가락질들 한다고 했지

다가가 한마디 위로하고 싶었겠네

고래의 아름다운 노래를 시기하는 사람들이 미워져

그러나 나 역시 순수한 코다를 몰라

그 커다란 눈만 바라보았네

그 눈이 말하더군

너도 바다로 가고 있구나!

나도 곧 바다로 돌아갈 거야

〈

어느 날 다시 들른 그 술집
푸른 바다 빛 그 커다란 등은
그곳에 없었네

코다*

바다로 돌아왔지
두 다리 버리고, 눈멀었지만
우리의 낙원이었지

저들끼리 최고라 떠들어대지만
천만의 말씀 만만의 콩떡
서로 총질하고,
마을을 불태우는 종은 너희밖에 없지
땅이란 땅은 모두
무덤 위에 다시 무덤을 쌓네

들어보렴
코다의 노래, 평화의 노래를
여기는 고래의 영토
천년왕국이라네

*코다 : 고래의 언어.

귀울음 소리

잠 속에서도 잠들지 않는 소리
한낮 뿌연 먼지 같은 인파 속에서도
어두운 골목길 아래
길게 누운 내 그림자와 만날 때에도
들리지
희미한 눈 짧은 두 다리로 걷지만
정상으로 정상으로
빨리 더 빨리 외치는
나와는 상관없는 땅의 삶
느리게 느리게 가는 내 걸음은
언제나 수평선으로 가고 있었네
의사는 이명증이 오래되었다지만
그제서야 알았지, 난 조난 중인 고래임을

오늘 밤에도 들리는 푸른 소리
심해에서 부르는

내가 돌아갈
고향의 노래였네

천사의 나라

노래 틀어주세요.
씨, 씨. 씨를 뿌리고?
아니 아니, 애국가.
칠판 앞 대형 TV가 반주를 시작하자
팔짝팔짝 뛰는 아이
동해물과 백두산이 마르고 닳도록 보우하는
저 자폐의 나라

나도 사랑하는 국가 하나쯤 있었음 좋겠다
대한 사람 대한으로 길이 보존하세
4절이 끝나고 천사가 웃는다

똥개

침 튀기며 질문만 하는 아홉 살 자폐아
우주에 가면 어떻게 되나요?
비행기 타면 되나요?
대한항공이 나아요? 아시아나가 나아요?
그러다 느닷없이 한마디 날렸다
'예수님 똥개'
할머니 손에 잡혀 교회에 갔던 일요일
학교처럼 지루했을 예배
이미 천사인 아이
죄지은 자들 우글거리는 곳에 끌고 간 억울함이었
다
뭐라고?
'예수님은 똥개'
……
아멘

흡연구역

자유롭고 싶었는데

편의점에 진열된 담배 한 개비만큼도 못했지

지금 지고 있는 거네?

누가 말하기에

심지에 불을 붙이고

자리 틀고 앉았지

소멸 꿈꾸며 몸을 태웠지

지금 여기 자비로운 세상

그들이 금 그어 놓은 흡연구역

연기緣起로부터 자유롭고 싶었지

그만 털고 가야겠어

짓눌린 몸뚱이로부터

나는 불꽃까지만이니까

우울밥

당신 떠난 빈 들이
가을비에 젖더군요
꾸역꾸역 어스름 한입 베어 물고
돌아왔습니다

쌀독 비지 않고
광에 연탄만 있으면 산다지만
나의 식량은 우울입니다
때로는 분식처럼 불안도 말아먹지요

어둠을 씹고 일어나는 아침 해처럼
나는 오늘도 우울을 안치고
당신이 돌아올 때까지
더 환한 하루를 차리겠습니다

어디로든 문

집 한 칸 장만하려
평생 일만 하다 떠나더군
나 그런 집 말고
문 하나 갖고 싶네
열고 들어가면
당신과 나 이별 없던 곳으로
아니 내가 아주 없던 시간으로
하늘과 구름과
부신 햇살에 주름 진 바다 물결
그리고 바람 소리
눈물 없던 그곳으로 데려다주는
문 하나 갖고 싶네

탈옥

우주 변방으로 이송되었지
죄명을 알고 싶었으나
탈옥만 생각했네
족쇄는 없지만 탯줄 잘리는 순간
감옥이었던 거지
몇 차례 이감되었네
소녀에서 여자로 여자에서 아내로
세상 모든 눈이 간수였네
마음이 단단해지고
뼈들이 바스라지면
나갈 수 있을까
은하의 행성이 될 수 있을까
나는 오늘도 탈옥을 꿈꾸네

내 마음의 사마르칸트

사막에서 모든 건 유적이 되지요
사마르칸트도 예외는 아니어서
그 옛날 마른 볕 이고 목화 따던
벌거벗은 여자들도 이젠 사라져버린
문득 실크로드도 따라가 보았지요
해는 져 가고
푸른 모스크 돔 아래서
발길을 멈추었습니다
족제비처럼 조용히 숨죽이며
나를 갉아먹는 시간
유적이 되어 버린 오늘
낯선 저녁

청춘열차*

청춘열차에 올랐네

용산행 편도 한 장 젊은 날로 데려다줄까

우리 별보다 열 배는 빠른 속도에

하늘도 내려앉아 있더군

섞일 수 없는 도시에

마스크 위로 다시 마스크를 쓰고

먹어도 먹어도 채워지지 않는 허기

오래전 잃어버린 당신이

어두워 더 밝아지는 별 아래

삼층석탑으로 서 있었네

*청춘열차 : ITX(Intercity Train Express)의 다른 이름으로 도시 간의 준고속철
도라는 의미. 젊음의 추억, 낭만이 깃든 경춘선(청량리~춘천)을 달리는 차량
이름.

잉태

폐경 오기도 전 알았지
내가 잉태할 수 있는 희망 따윈 없음을
더 이상 꿈도 꾸지 않은 채
추운 밤만 보냈지

그렇게 사막이 되었네
아침이면 입속에선 한 움큼씩
모래가 쏟아졌지만
저녁노을 지고 지평선 따라가는 낙타와
온몸으로 가시 세워 꽃 피우는
선인장을 보았을 때
사막은 죽은 땅이 아니었네

이제 늙은 자궁 속
나는 나를 잉태하겠네
숨겨놓았던 오아시스처럼

주렁주렁 대추야자 매달고

아침을 기다리겠네

|해설| **이승하** 시인, 중앙대 교수

검은색 마을 도계에서 춘천으로 가는 길

지금 이 땅의 청소년들은 '연탄'이라는 땔감을 본 적이 있을까? 칙칙폭폭 칙칙폭폭 달리는 증기기관차를 타본 적이 있을까? 연탄가스에 중독되어 사람이 사망했다는 언론 보도를 들은 적이 있을까? 연탄불이 꺼졌을 때 번개탄을 피워 연탄불을 되살려내는 과정을 구경한 적이 있을까? 각급 학교의 교실에서 석탄난로를 피웠다는 사실을 알고 있을까? 아마도 한 명도 없을 것이다. 그러나 1980년대까지는 아파트가 아닌 일반주택의 경우 난방을 도시가스가 아닌 연탄으로 했었다. 바로 이 글을 쓰게 된 해설자가 80년대 내내 연탄불을 피워 난방을 하는 반지하 단칸방에서 살았기 때문에 너무나 잘 알고 있다. 우리나라 연탄의

113

역사는 1920년대부터 시작되는데 강원도 일대에 석탄이 많이 매장되어 있는 것을 안 일본은 금광 개발과 함께 탄광 개발에도 나섰다. 1988년에는 대한민국 가정의 78%가 연탄을 주연료로 사용했다. 하지만 1993년에는 33% 정도로 줄었다. 대부분 석유나 가스를 이용하는 난방기로 전환했기 때문이다. 2001년에는 2% 정도로 축소되어 사라지고 만다.

강원도 여러 곳에 석탄 캐는 곳이 있었고 수많은 광부가 그곳에서 일을 하고 있었으므로 1980년대까지는 그 수가 꽤 많았다. 광부들의 가족은? 이른바 '탄광촌'에는 몇만 명의 인구가 살아가고 있었던 것이다.

여기, 늦깎이 시인이 있다. 1971년 강원도 도계읍에서 태어난 정지민은 성장기를 이른바 탄광촌에서 보냈다. 하천도 까맣고 거리도 까맣고 마루도 까맣다고 하는데 어린 시절이 얼마만큼 밝았을까? 두어 달에 한 번은 광산에서 사고가 나지 않았을까? 땅을 파들어간 갱도를 흔히 '막장'이라고 불렀는데 인생의 막다른 골목이라는 뜻이 담겨 있었기 때문이다. 많은 경우, 사업에 실패해 밑천이 한 푼도 남아 있지 않을 경우 가는 곳이 바로 탄광이었다. 더 이상 갈 곳이 없는 사람들이 모여 사는 곳, 바로 그 탄광촌에서 보낸 초,

중, 고교 시절에 대한 회상기가 이 시집 제1부의 시들이다. 2024년 봄호 《문학나무》로 등단한 시인은 등단작 5편에서부터 그 시절을 회상하고 있다.

　　살겠다고 땅속으로 내려갔지
　　궂은 날도 시린 날도
　　봉급날이 있어 극락이었네
　　선산부는 수당이 두둑해
　　30도 지하 열기 속
　　마스크도 벗고 착암기를 잡았지
　　진폐 왔으니 좋은 패가 아니었어
　　해고 통지에 이른 눈발 오더군
　　이판사판 칩이 쌓인 산으로 올랐네
　　태양 아래 금빛 번쩍이는 카지노
　　산재 보상금과 바꾼 세월 걸어
　　한 번은 잭팟 터지길 바랐지
　　한평생과 한순간은 한 끗 차이더군
　　　　ー「지장천」 부분

　지장천은 강원도 정선군 고한읍에서 발원하여 정선군 일대를 흐르는 하천이다. 지금은 폐광촌을 지나 한

국관광공사 (주)강원랜드, 일명 '정선 카지노'가 있는 정선군 사북읍 하이원길 265로 흐르고 있는 그 하천으로 보면 된다. 정선 일대는 석탄이 에너지로서의 수명을 다해 광산의 역사가 끝나자 공동화가 되었다. 하지만 카지노 건물이 들어와 지금은 한국 도박산업의 메카가 되어 있다. 이 지역의 1백년 역사가 이 한 편의 시에 압축되어 있다. 굴 안으로 들어가 채탄을 하는 선산부는 일종의 생명수당이 있어서 보수가 괜찮았나 보았다. 그 생활을 10년 이상 하게 되면 폐 속에 탄가루가 쌓여 진폐증을 앓게 된다. 회사에서 환자를 쓸 수는 없다. 그래서 해고되는 사람들이 있었나 보다.

세상이 바뀌었다. 탄광은 문을 닫았고 카지노의 문이 열렸다. 거기서 살던 사람들이 어디를 갈 것인가. 노인이 된 환자는 산재 보상금을 잭팟에 걸었다. 광부로서의 한평생과 도박꾼으로서의 한순간이 한 끗 차이라는 말이 가슴을 아프게 찌른다. 세월을 걸었는데 한순간에 알거지가 될 수 있는 것이 도박이다. 폐광촌에서 살아가는 것보다는 번쩍번쩍한 차들이 오가는 것을 바란 지역주민의 바람이 있어서 카지노가 문을 열었는지는 모르겠다. 하지만 그런 전직 광부인 노인들이 알거지가 된 경우가 있었기에 이런 시를 썼을 것이다.

매일이 새날이었지요 도계에선
새벽종이 울렸네 새 아침이 밝았네
무사고를 알리던 신호

지난밤 누군가 갱에서 나오지 못했다면
침묵이 허공 가득히 퍼졌지요
그 침묵이 나를 키웠어요

막장 아닌 곳 어디 있나요

산골짜기 지나 호수로 흘러와
여전히 가진 거 없는 맨몸
마스크나 쓰고 인차에 올라요
　　　—「아버지의 새벽종」전반부

　박정희 전 대통령이 작사했다고 알려진 '새마을의
노래'는 "새벽종이 울렸네 새 아침이 밝았네"라는 가
사로 시작한다. 70년대 내내 동사무소나 시청 같은
관공서에서 정말 많이 틀어주었던 곡이다. 이 곡이 울
려 퍼지면 전날 무사고였나 보다. 그런데 사고가 나
누가 갱에서 나오지 못하면 침묵이 허공 가득히 퍼졌

는데, 이 침묵이 화자를 키웠다고 한다. 사고는 얼마만에 한 번씩 났던 것일까. 사고가 나면 몇 사람이 죽고 다쳤던 것일까. 시는 후반부에 가서 "아버지가 살아보지 못한 춘천에서"라는 구절을 보여준다. 시인의 등단작들이 허구가 아니라 사실에 기반했다면 아버지는 탄광촌에서 생을 마친 사람이다. 다음 시를 읽어보니 이런 상상을 하게 된다. 시인의 집안이 아닐지라도 아버지가 사고가 나거나 은퇴하면 남은 식구들은 어떻게 살아가게 될까? 채탄하지 않더라도 갱도 바깥에서 돌과 탄을 나르는 일, 가르는 일 등 해야 할 일이 있었을 것이다. 그리고 사회 변혁의 정신은 "발파할 구멍 자리를 찾는/ 다이너마이트를 든 소녀"가 상징하고 있다. 나는 지금도 여전히 탄광 소녀인 것이다.

수직 갱도만큼 깊고 어둡던 길
아무리 파 들어가도 광맥에 닿질 못했고
낡은 운동화 벗고 누워
잠들면 도계 갱

전두1리 20반
희망 사택 1호 2호 3호……

나는 여전히 탄광 소녀

고층 아파트까지 스멀스멀 기어 올라오는
안개를 가늠하며
발파할 구멍 자리를 찾는
다이너마이트를 든 소녀
　—「내 마음의 막고굴」 부분

　현재 시적 화자는 고층 아파트에 살고 있지만 마음
은 늘 사택에서 살았던 그 탄광의 소녀다. 다이너마이
트를 들고 발파할 구멍 자리를 찾고 있다. 아버지가
나에게 빙의한 것인가 아니면 그 반대인가. 그래도 시
인은 "별 하나 모셔 놓을/ 암자 하나 지어놓고" 떠날
생각을 하고 있다. 이 시집 전체에 드리워 있는 정신
의 기류는 불교인데, 이 이야기는 뒤에 자세히 하겠
다. 아무튼 시인은 도청소재지가 있는 춘천에 나가서
살게 되었지만 그 시절을 못 잊어 시로 복원해낸 것이
다. 이런 시를 보자.

빌어먹어도 절대
광부는 되지 말라던 아비는

검은 불경들을 캤지

그는 월광보살 되었네

아비 잃고 그믐밤들 계속 지나

달빛이 내 안에 퇴적되었지

검은 작업복을 입지 않았어도

우리는 모두가 광부라네

고생대처럼 깊고 깊은

제 어둠 속 광맥을 파 들어가네

　　　―「광부의 자식」 전문

　얼마나 힘든 광부 생활이었으면 아버지가 자식에게
빌어먹어도 광부는 되지 말라고 했을까. 그런데 시인
에게 탄은 '검은 불경들'이었다. 아버지는 죽어 '월광
보살'이 되었다. 화자는 아버지를 존경했던 것이 틀림
없다. 그래서 아버지의 노동을 높이 기리고 싶었던 것
이리라. 우리가 '산업의 역군'이라고 일컬었던 그 거
룩한 아버지의 노동 덕분에 식구는 입에 풀칠을 하였
고, 화자는 학용품을 살 수 있었다.

　사람들은 막장이라 불렀지만

　우물에 방구 떨어지는 소리들

이 세상 모든 고수들

팔도 도사들이 사는 마을

학력 따윈 필요없었네

튼튼한 어깨만 있으면 되었지

세상에서 제일 건강한 사내만이

광부가 되었네 심술맞은 요괴도 있어

종종 동발이 무너지고, 가스 폭발 사고도 났었지

미인폭포엔 천년 묵은 이무기가

아직 살고 있는

도계는 막장이 아니라

신선들의 세계였네

　　　―「도계」 전문

　이 시에 나오는 시어 '방구'는 방귀가 아니고 바위의 경상도 사투리다. 시인은 탄광이 세상에서 제일 건강한 사내들이 일하고 있는 곳인데 심술맞은 요괴가 있어 동발이 무너지는 사고나 가스가 폭발하는 사고가 일어난다고 설명한다. 도계는 막장이 아니라 신선들의 세계라는 이 시의 결구가 폐부를 찌른다. 그런데 시인이 아홉 살 때인 1980년 4월에 이곳에서 큰 사건이 일어난다. 이른바 '사북항쟁'이 일어난 것이다.

80년 4월 21일부터 딱 4일간이었지

십여 년 동결된 임금과 폐 속에 쌓이는 탄가루
광부들은 제 몸 병들어가는 줄 알면서도
입 다물었고 다시 막장으로 들어갔지
처자식들 위해서

그런 남편을 아들을 보다 못한
아내들, 엄마들이 화약처럼 터졌지
그러자 화약고를 지키며 광부들이 발기했다네
계엄군인들, 사복경찰들, 기자들 개떼처럼 몰려와
산골짜기엔 성난 불꽃이 타올랐지

무릎 맞대고 모여 앉은 개망초꽃들
그날의 혼불들 이맘때면 다시 살아나
환히 밝아지는 사북
　　　―「환한 사북」 전문

　광부들이 분노하여 파출소를 습격, 무장하고 경찰
병력과 대치하였다. 사주측에 붙어 광부들을 억누른
어용노조가 문제였다. 당시 규모가 제일 컸던 동원탄

좌는 어용노조를 조직했는데 전과자와 불량배 출신으로 이루어져 있었다. 이들은 회사측의 입맛에 맞게 행동했으며, 노조 지부장으로 이재기를 선출했다. 1980년 4월 16일 노사분규가 일어났고 18일부터 노동자들은 임금인상과 어용노조 지부장의 사퇴를 요구했다. 그러나 회사측은 이들의 요구를 듣지 않고 경찰에 도움을 요청했다. 경찰은 어용노조와 회사측을 두둔하며 편파적으로 행동했다. 이러한 상황에 이재기가 도망을 치자 사태는 급물살을 탔다. 4월 21일 광부들과 그들의 가족 6,000여 명이 시위를 벌였다. 여성들도 나섰다. 그 과정에서 노동자가 경찰차에 치이는 등 유혈 사태가 벌어졌다.

광부 아내 벚꽃잎으로 흩뿌리고

작업복을 입은 비구들이

철로 위 침목처럼 줄지어 눕던 날

그날 보았네

동원탄좌에서 불어온 검은 바람

신작로를 달구었지

통리재 내려오던 기적소리도 며칠째 오지 않고

도계 골짜기엔 흉흉한 소문만 붉었네

아홉 살 그때 보았지

가슴 깊이 묻힌 탄맥

아직 한 번도 발파된 적 없는

내 안에 살아있는 분노의 화석

곤한 잠을 깨웠지

장군들은 사라지고

좋은 날은 왔다지만

내 싸움은 오늘도 진행 중

마을은 여전히 불타오르네

─「동원탄좌에서 불어온 검은 바람」 전문

　아홉 살 소녀의 눈에 비친 사북항쟁─어른들의 폭력이 어린이에게 얼마나 큰 충격을 주었을까. 40년도 더 세월이 흘렀지만 '분노의 화석'은 내 안에 살아있다고 한다. 장군들(전두환과 노태우 전 대통령일 듯)은 사라지고 좋은 날이 왔다고 하는데 "내 싸움은 오늘도 진행 중"이고, 마을은 여전히 불타오르고 있다. 즉 그날 이후 40 몇 년이 흘렀는데 이 땅에 진정한 평등과 평화가 온 것도 아니고 불합리와 부조리가 여전히 횡행하고 있다는 뜻이다. 다시 그 시절을 자료를 통해 살펴보았다. 광부들의 불만은 극에 달해 1980년 4월

21일부터 24일까지 4일 동안 사북읍 시가지를 점거하고 시위를 벌였다. 공권력이 무력화되었고 유혈극이 벌어졌다. 경찰서가 점령되었으며 도망친 이재기지부장을 추적하려 그의 아내에게 폭력을 행사하기도 했다. 마침내 24일 노·사·정 대표가 합의에 도달했다. 정치인들이 현장을 다녀가고 사태가 평화적으로 수습되는 듯 보였다. 그러나 사태가 진정되자 당시 계엄사령부는 합의를 깨고 사건 관련자와 그들의 가족 81명을 군법회의에 송치했다. 계엄사령부는 이들에게 모진 고문과 구타, 성고문 등을 가하며 자백을 요구했다. 이 과정에서 피해자들은 심각한 신체적·정신적 후유증을 얻었고 2~3년간 감옥생활을 했다. 「동자꽃」은 바로 그 얘기를 하고 있다.

사북광업소 광부들의 항쟁은 1987년 6월 민주항쟁과 7월 노동자 대투쟁의 기폭제 역할을 했다. 2015년 2월 서울고법 형사6부는 사북항쟁을 주도했다는 이유로 각각 징역 2년에 집행유예 3년과 징역 2년을 선고받았던 주모자 이원갑 씨와 신경 씨를 재심에서 무죄 선고를 했다. 아홉 살 소녀의 눈에 비친 사북항쟁이었지만 당시의 현장을 직접 그린 시는 이번에 처음 보았다.

세월이 많이 흘렀고 이제 시인은 50대가 되었다. 계속해서 과거만 곱씹고 있을 수는 없는 노릇이다. 시집에는 고래를 다룬 시가 여러 편 나온다. 동해에서 간혹 고래가 잡히기도 하지만 고래를 등장시킨 이유가 뭘까? 고래는 자유를 상징한다. 우리가 70, 80, 90년대, 그리고 2000년대와 2010년대를 거치면서 자유를 확보하고 균등의 기회를 확충했는가? 시인이 생각하기에 그렇지 않은 것 같다. 바다를 마음껏 돌아다니던 고래 중 몇 마리가 인간이 쳐놓은 그물에 걸린다. 무분별한 포경업으로 고래 개체수가 현저히 줄어들었다. 고래가 떼를 지어 다니건 몇 마리가 보이든 간에 가만두지 않고 상품성을 보고서 죽이는 인간의 비정함을 일련의 시를 보면서 느꼈다. 이 모든 것을 종합해 보면 시인의 사상은 생명체 옹호나 생태계 보호, 공해방지 등에 초점이 맞춰져 있는 게 아닌가 하는 생각이 든다.

그 뒤에 이어지는 시는 장애인을 등장시킨 것이다. 시인이 바로 춘천시 만천초등학교 특수교육지도사로 있기에 자신의 체험을 반영한 것이 아닌가 여겨진다. "조난 중인 고래"는 바로 자기 자신이었다.

느리게 느리게 가는 내 걸음은

언제나 수평선으로 가고 있었네

의사는 이명증이 오래되었다지만

그제서야 알았지, 난 조난 중인 고래임을

늘 밤에도 들리는 푸른 소리

심해에서 부르는

내가 돌아갈

고향의 노래였네

　　　—「귀울음 소리」 부분

"그제서야 알았지, 난 조난 중인 고래임을"이 이 시를 이해하는 데 실마리를 제공한다. 시인은 고향을 떠났지만 잊지 못한다. 잊을 수 없다. 생각하느니, 화자 자신이 혹등고래였고 범고래였다.

특수반 수업 시간

브라질 예수상 입체 조립을 하다

나는 물었지

"이 사람이 누군 줄 아니?"

"응, 허수아비"

소년이 자폐인지

세상이 자폐인지

나는 허수아비가 되었지

모두가 자폐라 부르는 소년

빈집에서 해처럼

혼자 놀다 혼자 잠들지만

아이를 자폐라 부르는 그들이 자폐

나는 그 골목 어디쯤에서 서성이는데

어디에도 해는 보이지 않았지

　　　　　　　　　—「허수아비」 전문

　자폐아 학생들은 세상과는 절연한 상태인지 모르지
만 아이들은 자신의 세상에서 논다. 남에게 피해를 주
지 않는다. 이 세상이 비장하지 아이들은 착하다. 이제
교사로서 그 아이들과 대화를 하고 삶의 방식을 파악
하고 꿈을 키워준다. 교사의 일지나 일기 같은 시가 다
수 나오는데 이런 유의 시도 정지민 시인이 처음 하는
시도일 것이다. 특수교사의 수기와 수필은 지금까지 간
간이 간행되었지만 시가 나온 것은 거의 처음이 아닌가
한다. 이들 시편도 유년 시절 회상기만큼 감동적이다.

　그리고 독자는 이 시집에서 구마라집이란 이름을

여러 번 접하게 될 것이다. 구마라집[鳩摩羅什]은 344
년에 나서 413년에 입적한 인도의 승려다. 중국의 장
안에 오랫동안 머물면서 인도어 불교 경전을 중국어
로 번역했는데 혼자서 한 것이 아니라 왕명을 받들어
번역기관 종사자들을 총괄 지휘하였다. 구마라집 덕
분에 한역된 『법화경』 『금강경』 『유마경』 『아미타경』
『대품반야경』 『중론』 『십이문론』 등이 나올 수 있었
고, 우리 옛 조상도 이들 책을 구해 읽고 불교를 발전
시킬 수 있었다. 4대 복음서의 저자가 있었기에 기독
교가 발전할 수 있었던 것처럼 구마라집이 있었기에
인도에서 발흥한 불교가 중국에서 장족의 발전을 꾀
할 수 있었다. 정지민 시인은 이 인도인 인물에 흥미
가 많이 갔던 모양이다.

깊은 어둠 속에서 느릿느릿

걸어오는 그림자

해를 지고 경전도 지고

다가오는 한 사내

도계 버려진 탄 더미

사막이 된 가슴속에서

낙타가 우네

고생대 퇴적층 깊은

막장을 번역하라고

잠 오지 않는 한밤

딸랑딸랑 방울 소리가 재촉하네

  ―「내 안의 구마라집」 전문

　이 시의 내용을 전부 사실로 받아들인다면 시인은 도계의 탄 더미 속에서 살 때부터 불교를 접해 이들 경전을 읽으면서 자비행의 실마리를 찾고 있었다. 근처에 사찰이 있어 자주 찾아가서 스님의 설법을 들었는지는 알 수 없지만 불교의 가르침을 마음으로 받아들이면서 불교적 세계관을 키워 왔음을 알 수 있다. 시를 한 편 더 보자.

부처의 말을 번역했던 혀는

탑이 되었네

뱉어낸 속없는 말들 거리에 쌓여

한 해 끝자락에 다다른 저녁

허겁지겁 제 혀 깨문 허기

눈물만 뚝뚝 흘리다

입도 떼지 못한 겨울이
해독하지 못한 가슴속 바람 소리가
나를 가두었네

뎅뎅 풍경이 우네
―「불타는 혀」전문

구마라집이 어떤 사람이었는지, 그가 한 역할이 어떤 것이었는지, 이 시가 잘 말해주고 있다. 진리를 접하고 어느 날은 화자가 눈물을 뚝뚝 흘린다.「또 다른 나」나「흰 연꽃」「구마라집의 연꽃」「백라길」「춘천 구마라집」「도계사」등 여러 편의 시가 정지민 시인이 진리를 찾아서 순례의 길을 떠난〈십우도〉의 동자승 같다는 느낌을 준다. 시인이 재가불자로서 불경을 읽으며 마음의 수양과 자비심의 실천을 해왔음을 알 수 있게 하는 시편들이다. 이들 시편 가운데 춘천을 다룬 시가 있으니 보도록 하자.

나는 나를 믿습니다
북극성 따라 도착한 이 거리
도시는 댐들에 갇혀 호수 되고

최저임금에 꿰어 버둥거리는 사람들이

빙판 위에 현기증을 앓습니다

배달 오토바이처럼 달리는 하루

무법천지에 야위어가는 얼굴들

언제나 봄이라는데 봄은 어디에 있나요

번역할 수 없는 슬픔은 안개로 내리고

나는 이제 바랑을 풀어

종이와 먹을 준비합니다

여기가 나의 경전입니다

한 자 한 자 무명을 뚫고

물 위에 탑을 올릴 겁니다

나는 나를 믿습니다

　　　―「춘천 구마라집」 전문

　도계를 떠난 것이 언제인지 시인에게 물어보았더니
여고를 졸업하고 대학에 들어가면서부터였다고 한다.
약력을 보니 강원대 국문학과를 나왔다. 탄광촌을 떠
나 도시 한복판에서 살아가게 되었으니 삶의 터전이
확연히 바뀐 것이다. 도시에 와보니 "최저임금에 꿰어
버둥거리는 사람들"이 빙판 위에서 현기증을 앓고 있
다. "배달 오토바이처럼 달리는 하루"와 "무법천지에

야위어가는 얼굴"은 도시에서의 번잡한 삶을 적나라하게 보여준다. 간혹 사고 소식이 온 동네를 발칵 뒤집어놓곤 했겠지만 고즈넉한 침묵의 지역 도계에서 춘천으로 나와보니 눈이 빙글빙글 돌아간다. 하지만 다짐을 한다. "나는 이제 바랑을 풀어/ 종이와 먹을 준비합니다/ 여기가 나의 경전입니다/ 한 자 한 자 무명을 뚫고/ 물 위에 탑을 올릴 겁니다/ 나는 나를 믿습니다" 하고. 차량의 행렬과 매연 속의 나날, 약속과 의무, 일과와 일정…… 뭐 이런 것이 도시적 삶이다. 정신없이 하루하루 자기에게 주어진 책무를 다하다 보면 내가 나 자신을 만날 수 없다. 하지만 이 시의 화자는 바랑을 풀어 종이와 먹을 준비할 거라고 한다. 여기 춘천이 나의 경전이고, 나의 경을 외울 곳이라고. 그리하여 나의 경을 타인에게 들려주리라고 결심하는 것이다. "물 위의 탑"이라니 아주 상징적인 표현이다. 내가 오늘 쓰는 시가 사상누각이 될지라도 이 행위를 앞으로 계속하겠다는 결심을 굳게 했으니, 이제 시를 쓸 수밖에 없다. 시인의 길을 갈 수밖에 없다. 이런 결심을 보여주는 시가 있다.

폐경 오기도 전 알았지

내가 잉태할 수 있는 희망 따윈 없음을

더 이상 꿈도 꾸지 않은 채

추운 밤만 보냈지

그렇게 사막이 되었네

아침이면 입속에선 한 움큼씩

모래가 쏟아졌지만

저녁노을 지고 지평선 따라가는 낙타와

온몸으로 가시 세워 꽃 피우는

선인장을 보았을 때

사막은 죽은 땅이 아니었네

이제 늙은 자궁 속

나는 나를 잉태하겠네

숨겨놓았던 오아시스처럼

주렁주렁 대추야자 매달고

아침을 기다리겠네

　　　　　　　　　—「잉태」전문

　굳은 다짐이요 각오다. 왜 내가 시를 쓰게 되었는지
그 연유를 선명하게 말하고 있다. 나 스스로 사막이 되고 말았는데 사막이 죽음의 땅이 아니었음을 알게 되었다고 한다. 이제는 늙은 자궁 속에서 나를 잉태하겠다고 한다. "숨겨놓았던 오아시스처럼/ 주렁주렁 대추야자 매달고/ 아침을 기다리겠네"라고 천명했으니 하는 수 없다, 시를 써 사막에서 대추야자를 키워야 한다.

가난한 성장기를 따뜻한 마음으로 회상할 수 있게 된 것도, 장애가 있는 아이들과 마음을 열고서 대할 수 있게 된 것도 다 불교를 통해 마음공부를 한 덕이라고 보는데, 해설자가 제대로 본 것인지는 모르겠다. 이제는 이 일 외에 시를 쓰는 것이 첨가되었다.

앞서 해설자는 정지민 시인이 늦깎이로 시단에 나왔다고 했는데 50대 초반이면 그리 늦은 거라고 볼 수도 없다. 첫 시집부터 지금까지 수많은 시인이 걸어왔던 길을 따라오지 않고 자기 나름의 경험과 인생 철학, 종교적 깊이를 담보한 시를 써서 앞으로의 활동에 더욱 큰 기대를 갖게 된다. 옛사람들이 첫술에 배부를 리 없다고 했다. 제1시집 출간을 계기로 눈부신 도약을 거듭해 한국 시단에서 중요한 시인으로 자리매김하기를 바라면서 해설 쓰기를 마칠까 한다. 정지민 시인은 강원도 도계가 낳은 첫 시인이 아닌가 한다. 벌써 제2시집이 기다려진다. ✿

나무시인선 027

석탄

1쇄 발행일 | 2024년 10월 10일

지은이 | 정지민
펴낸이 | 윤영수
펴낸곳 | 문학나무
편집 기획 | 03085 서울 종로구 동숭4나길 28-1 예일하우스 301호
이메일 | mhnmoo@hanmail.net

출판등록 | 제312-2011-000064호 1991. 1. 5.
영업 마케팅부 | 전화 | 02-302-1250, 팩스 | 02-302-1251
ⓒ정지민, 2024

값 13,000원
잘못된 책은 바꾸어 드립니다
지은이와 협의로 인지는 생략합니다
본 책은 저작자의 지적 재산으로서 무단 전재와 복제를 금합니다.

ISBN 979-11-5629-178-7 03810